आशा नाम नदी

(कविता संग्रह)

वाणी प्रकाशन
21-ए, दरियागंज, नयी दिल्ली-110002
फोन : 011-23273167, 23275710, 41562622
फैक्स : 011-23275710
e-mail: vani_prakashan@yahoo.com
vaniprakashan@gmail.com
website: vaniprakashan.com

आशा नाम नदी

ऋतुराज

वाणी प्रकाशन का लोगो
विख्यात चित्रकार मक़बूल फ़िदा हुसेन
की कूची से

ISBN : 81-8143-687-3

वाणी प्रकाशन
21-ए, दरियागंज, नयी दिल्ली-110002
द्वारा प्रकाशित

प्रथम संस्करण : 2007

मूल्य : 95.00

आवरण : वाणी चित्रांकन

जय भारत प्रेस शाहरा दिल्ली-110032
द्वारा मुद्रित

ASHA NAAM NADI (Poetry Collection)
***by* Rituraj**

भुवान्या, कल्याणा जैसे अपने अनेक भील मित्रों के लिए
जिनसे जीवन, मृत्यु और प्रकृति के सहज, सांसारिक ज्ञान का
कुछ अंश मुझे सीखने को मिला है।

आशा नाम नदी मनोरथजला तृष्णातरंगकुला
रागग्राहवती वितर्कविहगा...

—भर्तृहरि

अनुक्रम

अँधेरे में प्रार्थना 11
एक दिन शील जी के घर 12
गली में डाक्टर दंपती और उनकी नई कार 14
लिख सकते हो क्या 16
दौड़ते हुए 18
हवा पानी 19
मैं उस आदमी को जानता हूँ 21
पानी गिरने की आवाज़ 22
कला अनुभव 24
संगीत रूपक 27
रहस्य 28
पराभव 29
फूल और तितलियाँ 30
गंगोत्री के ग्राफ़िक्स 32
कुछ भी हो सकता है 34
उसका अपंग बेटा 36
नेपाल के राजमहल में शेक्सपियर के नाटक का मंचन 38
अनुपम उपहार 39
पुराने शहर के लोग 41
चैनल 'हाय हाय' 42
खाँसी 44
महिला पुलिस और उसकी बहन 45

सिनेमाघर में बम विस्फोट	47
सबसे बड़ा खेल	49
एक बूढ़े कवि का जीवन-चरित	51
सिवाय रचना के	52
बोझ	53
सही तालीम	54
गेरू माटी	56
सूखा	58
आइसक्रीम	60
मेला	62
शिल्प मेले से लौटने पर	63
उनका शेष अशेष	64
घास की रोटी	65
एक आज़ाद आदमी की मौत	66
सुबह से शाम तक	68
माँ का दूध	69
तीसरा आदमी	70
ब्रह्म मुहूर्त	71
उस दिन बढ़ई ने भील से जो कहा	73
राईवर	74
तृष्णातरंगकुला	75
बुभुक्षा	76
संघर्ष	77
दुख जो कविता नहीं हो सकता	79
अन्तिम शब्द	80

अँधेरे में प्रार्थना

ले चलो मुझे इस लोक से दूर कहीं
जहाँ निर्धन धनवानों को चुनते नहीं
जहाँ मूर्ख और पंगु नहीं बनते बुद्धिमान
जहाँ निर्बल स्त्रियों पर वीरता नहीं दिखाते शक्तिमान

ले चलो मुझे ऐसे लोक में
जहाँ बूढ़े अपनी माया फैलाए नहीं करते राजनीति
जहाँ ज़रूरी नहीं युवाओं के लिए

पार करना मगरमच्छों से भरी कोई नदी
ले चलो मुझे इस लोक से उस लोक में
जहाँ चल सकूँ अपने बनाए रास्ते के आलोक में

एक दिन शील जी के घर

तलघर के उस कमरे में
तामचीनी के कुछ बर्तन और पुरानी पत्रिकाएँ थीं
मैलखोरे रंग की चादर बिछी थी खटिया पर
पास में एक घड़ा रखा था

हर तरफ़ रंग में रंग और आयु में आयु का मेल था

पुरानी दुर्लभ पत्रिकाओं में
दबी रह गई थी आशा
पुरानी दुर्लभ पुस्तकों की जिल्दों में
धुँधले पड़ चुके थे उनके शब्द

भीतर घुसते ही मैं जान गया था
कि मृत्यु ने इस कमरे में अपना अलाव सुलगा लिया है
दिनों ने हफ़्तों को कुतरना शुरू कर दिया है
और बहुत जल्द यह खाँसी अब थमने वाली है

चाय या काफ़ी?

नहीं कुछ नहीं

सिर्फ़ अनसुने एकान्त में सुनाई दिया
किसी स्त्री का विलाप...

'ये मुझे सहारा देते तो इतने अवश अकेले नहीं होते...
सिर्फ़ तनिक-सी ठौर
और पीले पड़ते काग़ज़ों में कहीं न कहीं मैं...'

कहते हैं
मृत्यु ले गई उन्हें
वे हारे नहीं थे

गली में डाक्टर दंपती और उनकी नई कार

रोगी काया के भीतर से निकाली है
सोने की पिटारी उन दोनों ने
अपाहिज़ दुनिया की पीली आँखों से
चुराए हैं अन्तरिक्ष के सपने

डाक्टर दंपती ने छीना है स्वास्थ्य-लाभ और वैभव
दुख की गाड़ी में फँसे मुसाफ़िर इन्तज़ार करते हैं
उनके ठहरने का

मैं कोई बुद्ध नहीं था कि मृत्युपूर्व की यन्त्रणा देखकर
सुनकर रौरव का हाहाकार
दार्शनिक हो जाता
मेरे घर के सामने का पेड़ तो ना जाने कब का
कुल्हाड़ी की चोट से धराशायी हो चुका था

फ़िलहाल मैं खड़ा था, स्टेशन पर
रुकी इस पीड़ा की गाड़ी को देखता
हर बुढ़िया थी मेरी माँ
हर बूढ़ा फ़ालिज में चीख़ता मेरा बाप था
शराब पीकर पीट रहा था औरत को
वह मेरा भाई था
चटाई में लपेटे बच्चे की लाश
चुपचाप लिये जा रहे थे जो लोग

वे सब मेरे मोहल्ले के लोग थे

उस डाक्टर दंपती को चाभी मिल गई थी स्वर्ग की
नरक की गलियों के बीच तैरती उनकी नई कार के
फाटक पर लिखा था–
'अपनी आँखें दान करके मनुष्यजाति की सेवा करें'

मेरी आँखों, तुम्हें हुआ क्या है?
सम्पन्न चतुर लोगों द्वारा प्रयुक्त सेवाभावी भाषा का
गूढ़ार्थ तुरन्त पढ़ लेती हो
मेरी किडनियों, शुद्धिकरण के लिए तुम कितनी सक्षम हो!!
मेरी बुद्धि, तुम कितनी प्रखर हो कि अधिक दुखियों के बीच
पहचान लेती हो कम दुखियों को!!

लिख सकते हो क्या

निराशा के कई रंग हैं

जिसे कभी का नष्ट हो जाना चाहिए था
वह अभी तक जीवित है
जो भुला दिया गया था
फिर से याद आ रहा है
जो चला गया था जैसे हमेशा के लिए खो गया हो
वही लौटता दिखाई दे रहा है

महान देश का महान मध्यवर्ग
लिख सकते हो क्या इसके बारे में
बिना कोई टुकड़ा किए दिमाग़ का
हृदय को बिना छीले
निपात के छद्म सौन्दर्य में धकेलते हुए
दुर्बलकाय आम जन को

लिख सकते हो सबसे सुरक्षित संवेगों वाले
बैंक बैलेंस के होते
प्रसन्न होते शेयरों और सोने की उछाल में
लिख सकते हो एसी में पलायन करते
सुसज्जित कक्षों कारों की समय और मौसम
रौंदतीं निश्चिन्तताओं में

एक क्षण भी नहीं लगता समय के अन्तराल को पाटने में
भूलने में भय की दुर्निवार मौजूदगी
लिख सकते हो क्या अन्याय और असमानता के
सबसे ऊँचे शिखर पर पहुँचकर

सारे दिशाभ्रमों में से सघनतम होता है
रोशनी का अन्धकार
लिख सकते हो क्या धनलिप्सा के
प्रदर्शनकारी मंडप में समाजवाद की पूर्णाहुति के बारे में

दौड़ते हुए

बहुत अच्छा अवसर है हत्यारे के निकट आने का

अगर अब तुमने उसकी प्रशंसा में कुछ कहा
तो उसे उसका बचपन याद आ जाएगा
जब वह नंगधड़ंग पतंग लूटने दौड़ा करता था

कुटिलताओं के साथ साथ आधुनिक पोशाकें
उसके शरीर पर सज गई हैं
अब वह ख़ून करने पर भागता नहीं है
बल्कि शहर की स्वच्छता के लिए आयोजित
दौड़ में हिस्सा लेता है

हवा पानी

जिनकी हवा होती है
वे पानी पर भी अपना अधिकार कर लेते हैं

न जाने कहाँ से छिपकर अचानक उनके पास
चली आती है हवा
मेरे सूखे बाल ही नहीं सारा शरीर काँपने लगता है

एक हवा चुपचाप ढाक के चटखते अंगारों के नीचे सोई थी
जिसे नाले में उत्तेजित हुए तूफ़ान ने छेड़ दिया
धारा की अनवरुद्ध आर्द्रता सोखती वह उसके साथ हो ली

पहाड़-से जीवन का अधिकार है ऐसे तरल रहस्यों पर
क्योंकि जब हवा बदलती है तो पानी भी बदल जाता है
प्रेम की तिक्त छटपटाहट के लिए
दोनों के पास ही रुकने का समय नहीं है

आज उनकी हवा है तो वे शराब को पानी की तरह पी रहे हैं
मदोन्मत्त हैं सेंमल के फूलों को
अपने पाँवों से रौंदते हुए
उनकी आँखें चुँधिया गई हैं
अख़बारों में ख़ुद की छवियाँ देखते देखते
उनके कानों में क्षणभंगुरता के गोपनीय निमन्त्रणों की
गूँज सुनाई नहीं देती है

अभी जब अमलतास फूलेंगे और फ़ानूस के फूलों से
ढक जाएगा सारा वितान
तब भी वे नहीं समझेंगे
कि जैसे रंग बदलते हैं वैसे ही यहाँ हर चीज़ बदलती है
उनकी हवा फिर लौटकर नहीं आएगी
और पानी?

वह तो कभी उनका था ही नहीं

मैं उस आदमी को जानता हूँ

मैं उस आदमी को जानता हूँ
नित्य नई आशा में
वह बिछाता है अपनी चादर
फटे चीकट दुशाले को ओढ़कर सर्दी में
कहता है
अगर ईश्वर कहीं होता तो हमारी मदद करता

किस देवता को पूजूँ
एक के लिए तो अगरबत्ती नहीं जुटा सका
दूसरे के बारे में क्यों सोचूँ

सब ठीक हो जाएगा
क्योंकि इससे बुरा तो अब क्या होगा

पानी गिरने की आवाज़

पानी गिरने की आवाज़ सब जगह एक जैसी होती है
पृथ्वी एक है
बस देश अलग-अलग हो गए हैं

लेकिन किसी प्यासे आदमी को
इस बात से कोई मतलब नहीं है

बारिश में पानी सारी जगहों को सराबोर करता हुआ
अपना निकास ढूँढ़ता है

बाढ़ के पछाड़े हुए लोग सब जगह एक जैसे होते हैं
पीछे छूटे हुए को याद करते
वे राहत गाड़ियों का इन्तज़ार करते रहते हैं

सताए हुए लोग सब देशों में एक जैसे हैं
बिना बात तेज़ क़दमों से चलते हुए
वे कहीं मुँह छिपाने की उम्मीद में बेहद डरे हुए होते हैं

पत्थरों के कटाव भी सब जगह एक जैसे हैं
पेड़ों की छायाएँ और अँधेरा सब देशों में
लगभग एक जैसा ही फैला हुआ है

कोई झरना जब सूखने लगता है

तो उसके आसपास इकट्ठे हुए परिन्दों की निराशा
एक जैसी ही होती है

सारे देशों में शोषण नफ़रत और हत्याएँ करने के तरीक़े
एक जैसे ही तो हैं

लेकिन इतनी समानताओं के होने के बावजूद
मैं मजबूर हूँ एक समय में
एक ही देश में रहने के लिए

कला अनुभव

आसपास कोई भी चित्र नहीं है अमृता शेरगिल का
सिर ढके कातर आँखों वालीं अँधेरे की स्याही में लिपटीं
औरतें नहीं हैं
सुपरबाज़ार की शेल्फ़ों से विदेशी परफ़्यूम लपकती कोई हैं
नई रानियाँ रवि वर्मा की
जो प्लेटिनम और हीरों से सजीं
हिंसा और प्रेम की कथा गाती फ़िल्म देखने बैठी हैं

हुसेन के भारी भरकम काष्ठ चेहरे यहाँ बदली हुई शक्लों में
बहुरुपिये बनकर बाज़ार भ्रमण को निकले हैं
भूपेन की तंग गली के मकान की खिड़कियों से झाँकते
हँसते-बिसूरते शिशु चेहरे भी नहीं हैं
सोफ्टी पीज़्ज़ा फ्रेंच फ्राइज़ खाते बेडौल मोटे बच्चे
वीडियो खेल के लिए कम्प्यूटर की ख़ाली सीट के इन्तज़ार में खड़े हैं

बहुत पीछे छूट गई है धूल और दया
बहुत पीछे छूट गए हैं अँधेरे में धूमिल प्रकाश के बीच
महाभारत देखते लोग

यहाँ स्वामीनाथन की वह चिड़िया कभी-कभी
तितलियों की तलाश में आया करती थी
लेकिन दो उल्लुओं ने जबसे यहाँ बैठना शुरू किया है
वह ग़ायब हो गई है

लकड़ी के काले तख़्तों से चिने हुए शिकारे नहीं खड़े हैं नदी में
इसलिए यहाँ रामकुमार भी नहीं हैं
आठ दस मंज़िला इमारतों के स्वर्ग की ओट में
चाँद छिपा खड़ा है
सूरज दूसरी तरफ़ से बाँहों में कस रहा है पानी की टंकियों को
मानो छत पर लड़ाई चल रही हो पानी और प्रकाश के लिए

एक बहुत बड़े जूते में रखे मोबाइल के लिए
चिंचलांकर यहाँ क्यों आएँगे
जूट से बने झूले की जगह यहाँ रोप-वे जो है

जीवन की सपाट सतह को लुभावनी रखने के लिए
अनेक सौन्दर्य प्रसाधन हैं
लेकिन कटी-पिटी खरोंचें भरी आत्मा की मूरत पर
अनन्त अतृप्ति की व्याकुलता है
शायद अभी तक यहाँ रवीन्द्र की बूढ़ी छाया
सँवलाई धूप में ठहरी है

2

भिन्न-भिन्न कला वस्तुएँ इतनी भिन्न तो नहीं हैं
उनमें व्यर्थता का भाव लगभग एक जैसा है

उनके प्रशंसक ख़रीददार समान हैसियत के लोग हैं
वे जो बैंकों से मोटी रक़म उधार लेकर अपनी पूँजी बढ़ा रहे हैं
बीच के रास्ते से निकलते हुए
हाशिए के लोगों पर दयादृष्टि डाल रहे हैं
ऐसे करोड़ों लोगों के वास्ते जीवनयापन के
न्यूनतम साधन उपलब्ध करवा रहे हैं

फिर भी इन वस्तुओं पर अलग अलग नाम क्यों लिखे हैं

हाशिए के व्यक्तियों को हाशिए पर नाम लिखने में
शायद लज्जा आयी होगी
शायद नाम को संक्षिप्त करते वक़्त ख़ुद को बहुत लघु समझा होगा

हो सकता है वस्तुओं के खेल में यह मात्र प्रपंच हो
शायद यह नाम और वस्तु और उपभोक्ता के बीच में
एक आध्यात्मिक संवाद का संचार हो
क्योंकि उसकी क्रय-शक्ति नाम को कैसा भी अर्थ दे सकती है

3

'प्रिय दर्शक, ये कला वस्तुएँ नहीं हैं
मेरे अंग हैं मेरे नाम के अभिप्रेत
जिन्हें किसी समुद्री तूफ़ान में फँसी नौका पर सवार नहीं होना है
बल्कि भव्य राजसी प्रासादों के सुसज्जित सर्वतोभद्रों
पाँच सितारा होटलों की शोभा बढ़ानी है

काश, ये सब मेरे बच्चे होते
जिन्हें वहाँ मेरी प्रशंसा सुनने का अवसर मिलता
काश, मेरे पास फिरौती के लिए इतनी पूँजी होती
कि इन बन्धकों को उन हृदयहीनों से मुक्त करा पाता'

संगीत रूपक

सबको अपना संगीत अच्छा लगता है

लुहार को निहाई पर हथौड़े की धमक
तो बढ़ई को अपने रन्दे की खरर खरर
सुनार को धौंकनी की फर फर फर
और जब ठठेरा लगातार ठोंकता है
तो सारे साज शान्त हो जाते हैं

पिंजारा अपनी वीणा से ब्रह्मनाद के नोम तोम की रचना करता है
प्रकाश की धुन के आगे झूठे प्रायश्चित्त का मन्त्र कँपकँपाने लगता है

नंगे पाँव स्कूल जाती बच्चियों की पदचाप
आश्वस्त करती है कि भविष्य एक कारीगर है
ठोंकता है ईंट पर ईंट और कनसुरे को दबाता है वज़न से
ड्राइवर बस में आलाप भरता है
सवारियाँ एक एक कर आरोहित होती हैं
हैंडपम्प की ताल पर बाल्टियाँ घड़े पीपे सरकते हैं
रसोई में बेलन की टेक कहती है कहीं चले मत जाना
प्रतीक्षा की एक बन्दिश है साइकिल में
वह लौटेगा अपना बस्ता टाँकेगा

देरी से आनेवालों का तो एक भरा-पूरा संगीतबद्ध घराना है
उन्हें सुनकर मैं सबकुछ भूल जाता हूँ कुछ भी नहीं कहता

रहस्य

क्या किसी ने फूल को बड़ा होते देखा है? दिन कैसे
बढ़ता है इसका तो पता चल जाता है भले ही नसें
बहुत कमज़ोर हो चुकी हों। गफ़लत की नींद में सब कुछ
बिफर जाता है। लेकिन फूल की नींद ही ऐसी नींद
होती है जिसमें वह ख़ुद को समेटकर ब्रह्मांड की डिबिया
में छिपा सकता है। सूरज उस डिबिया को पूरे दम्भ के साथ
खोलता है। हालाँकि वह भी उसी डिबिया में
क़ैद कर लिया गया है। फिर फूल की अटारी में बैठने
आ जाती है एक तितली, सेंध लगाने लगता है एक भौंरा।
कीड़ा हँसते हुए फूल की गर्दन सहलाने लगता है और फूल
इस सबकी परवाह किए बिना अपने सिर पर ढेर सारे
रंगों की पगड़ी धरे सोचता है कब रात होगी और
वह दूसरे दिन के लिए बन्द कर लेगा सुन्दरता के इस तिलिस्म को।

पराभव

क़स्बे की सड़क पर कमल हाथ में लिए दौड़ता बच्चा
युद्ध का प्रतीक है या शान्ति का

नष्ट तो होगा ही उसका बचपन
जैसे कमल का सौन्दर्य नष्ट हुआ है
एक राजनीतिक दल का प्रतीक बनकर

वह प्रस्फुटित हुआ विभाजित राष्ट्र के पंक में
उसकी जड़ें फैलती गयीं
मूर्ख स्वार्थी और उदासीन लोगों के हृदय तल में

विनाशलीला के इस नए चरण में
सामन्त पत्रकार प्रशासक धर्म व्यवसायी
सब एकमत हैं कि प्रकृति यदि नहीं कर सकती सुरक्षा
अपनी सुन्दर संरचनाओं की
तो हम ही क्यों बच्चे और कमल के बारे में सोचें

वह अपनी चित्रकला की कापी में बना लेगा कमल
पँखुड़ियों में रंग भर देगा

एक समय होगा जब सारी कलाएँ प्रकृति की मात्र
अनुकृतियाँ स्मृतियाँ होंगी
और मनुष्य की मूर्खता पर विलाप करेंगी

फूल और तितलियाँ

फूलों के लिए भटकती हुई तितलियाँ
राष्ट्रीय राजमार्ग पार कर रही हैं

शायद दूसरी तरफ़ कहीं एक पार्क होने का सपना उन्होंने देखा है

फूलों ने नींद में ही चिल्लाना शुरू कर दिया है
हम यहाँ हैं यहाँ
धरती से सिर्फ़ तीन फुट ऊपर
दाईं तरफ़ जहाँ बिगनबेल उझक रही है

ख़बरदार उसमें सुगन्ध नहीं है
और न एस्टर ही उस जैसा है
सिर्फ़ चम्पा और मालती ही तुम्हें ऊपर रोके रख सकती हैं
लेकिन उनका मन बहुत चंचल है

माना कि तितलियों के सड़क पार करने में
बहुत बड़ा जोख़िम है
तो क्या वे नि-रस ही मर जाएँगी
क्या सुगन्ध के हवाई हमले इन ट्रकों को रोक नहीं पाएँगे
क्या फूलों का छोटा-सा जीवन निरर्थक ही जाएगा

ऐसा समय कभी तो आएगा
जब तितलियाँ निशंक निर्भय होकर राष्ट्रीय मार्ग पर विचरण किया करेंगी

और सड़कों के किनारे मलबे के ढेर के बजाय पार्क हुआ करेंगे

फूलों ने चीख़कर कहा
काश यह सब इस जीवन में ही सम्भव हुआ होता

गंगोत्री के ग्राफ़िक्स

1
देर से होती है संन्यासी की सुबह
दिन में गाँजा रात में गाँजा
ग्लेशियर की आँतें पिघलती हैं तो नदी उछलती है

संन्यासी प्रतीक्षा करके लौट जाता है अपनी कुटिया में

2
एक मलंग भरा पूरा
खिचड़ी दाढ़ी भगवा चोला
हाथ में लिपटी मोटी रुद्राक्ष माला
अतीत से आया वर्तमान में
वर्तमान से लौटा अतीत में

अन्त नहीं है उसके आवागमन का

3
हिमनद बादल ज़ैसा है जिसके ऊपर टँगा है बादल
शून्य का उदात्त चुनौती देता है पदार्थ की नश्वरता को
आकार में हर जगह बन जाता है शिवलिंग

शायद यही संयोग है कि आँखें अपने परिचित रूप खोज लेती हैं

4

एक धर्मपरायण स्वार्थी बुढ़िया
गंगा मैया के दर्शन के लिए
दूसरे के आगे बाधा बनने में संकोच नहीं करती है

5

प्रवाह में विचारशून्यता के बीच
पाषाण की तरह रुका है समय
हाशिए और किनारे परस्पर टकराते हैं
किनारे खुद-ब-खुद बनते हैं जबकि हाशिए बनाये जाते हैं

वे लोग जिन्हें किनारे खींचकर ले जाते हैं
हाशिए के लोग होते हैं

कुछ भी हो सकता है

देखना सुनने से सौ गुना घातक है
और देखकर अनदेखा कर देना हज़ार गुना

आँखें नहीं मरती हैं
कान बहरे हो जाते हैं
कमज़ोर आँखों को भी दिखाई देता है अँधेरा
अँधेरे में शक्लें हिलती दिखाई देती हैं
लेकिन शातिर आँखें वही देखती हैं जो उन्हें देखना होता है

दूसरों के देखे को देखना या उसके बारे में अलग कुछ देखना
चालाक आँखों की ओट में चला जाता है

आँखों के भ्रम सच को ओझल कर देते हैं
झूठी आँखें होती हैं जो बहुत झूठी भी हो सकती हैं

एक जाला होता है आँखों का मोतियाबिन्द
आँखों की माया है मायोपिया

सच देखने वाली आँखों में उँगलियाँ डालकर
अनदेखी करनेवाली धोखेबाज़ आँखों ने कहा—
तुमने जो अभी देखा सच नहीं था महज़ एक साज़िश थी

इसी तरह आँखों ने धोखा खाया है

एक आँख दूसरी आँख के देखे को झुठलाती रही है

हो सकता है कान फिर से अपना आधिपत्य जमा लें
और आँखों को काजल की कोठरी में डाल दिया जाए
हो सकता है अन्धता को एक सर्वव्यापी राष्ट्रीय आपदा स्वीकारा ज
और झूठ की निर्लज्जता का सार्वजनिक सत्कार हो

कुछ भी हो सकता है

उसका अपंग बेटा

उस वक़्त मैं बहुत लाचार था
आज से भी ज़्यादा
एक अधकुचले कीड़े की तरह रेंगता
आँसूभरी आँखों से उसे देखता

वे लोग कुछ भी करने को तैयार थे
कमर कसकर लड़ रहे थे लुंजपुंज हुए निर्धनों से
अकाल हो या बाढ़
घनघोर आनन्दित हो रहे थे
कभी अत्यन्त गम्भीर मुद्राएँ धारण करते
तो कभी देश का रंजन करते

ऐसे ही समय में तुमने मुझे अपनी साँझ से
धूप की तरह बाहर निकाल दिया था
अपने दर्पण की धूल पोंछी और मुँह फेर लिया था

वह समय न तो प्रकृति और न हमारे मनुष्य समाज के
प्रतिकार का समय था

बहुत वर्षों बाद मेरी कुचली व्याकुल आत्मा ने
देह धारण कर तुम्हारी कोख से जन्म लिया
तो वह एक शिशु था जो स्मृतियों और शंकाओं के तरल लावे में
अधबना प्रस्फुटित हुआ

तुम बिलखतीं कि कब बोलेगा यह
कब बैठ सकेगा चल सकेगा

वह बिलकुल गूँगा निशक्त अपलक देखता रहता था तुम्हें मेरी
तरह
किसी असहनीय अप्रतिहत वेदना से कराहता

जिस रूप में भी लौटा हूँ मैं
तुमने मुझे प्यार किया है दुखी मन से

नेपाल के राजमहल में शेक्सपियर के नाटक का मंचन

किसे पता था कि इतने युगों बाद
एक हिन्दू राजवंश में खेला जाएगा शेक्सपियर का नाटक
ठीक ही कहा है कि ट्रेजेडी की लोकप्रियता कभी कम नहीं होगी

शेक्सपियर अपने पात्रों के अन्तर्द्वन्द्व के क्लाइमेक्स पर
पहुँचते ही स्वयं शरीक हो जाता था उनकी हत्याओं में

एक दूसरे के परस्पर कट मरने से पहले उसके पात्र
भ्रम और ग़लतफ़हमियों का एक ऐसा अटूट ताना बाना बुनते थे
कि जिससे उनका बचकर निकल जाना असम्भव होता था
शेक्सपियर मंच पर आमने सामने घटती हत्याओं को
पार्श्व से देखता रहता था

स्वगत कथन हो या वार्तालाप
जिसे मरना होता वह मरते मरते भी
बहुत देर तक जीवित रहता
और नैतिक प्रवचन दे रहा होता

लेकिन नेपाल में यह सब दिखाने का समय नहीं था

अनुपम उपहार

(मनमोहन ठाकौर की याद में)

दिवंगत की जीवात्मा है यह धरती
तुम अभी तक झाँकते हो इसके हरे भूरे रंगों में से

'परमप्रिय, आज तुम्हें भेंट करता हूँ यह पुस्तक'

बेशुमार लोगों की भागमभाग चीख़ें
अनगिनत आकांक्षाएँ चिन्ताएँ
फिर भी देना है तुम्हें हराभरा यह उपहार
जिसमें टूटे सपनों की लिखावटें और काटाफाँसियाँ हैं

मृत्यु के बाद का जीवन है यह
निरन्तर स्मृति चक्कर लगाती है पृथ्वी के
जिससे वह बड़ी है

सुनसान छज्जों के नीचे बैठा
कबूतरों की लोरियों झपकियों के बीच
वह लिखता था
दालान में धूप उतर कर गलियारे के बाहर चल देती
फिर भी वह लिखता रहता था
पहाड़ की छाया ढक लेती थी शहर के परकोटे को
पाषाण अश्वों पर पुता लाल रंग कलौंस जाता था
फिर भी उसकी क़लम रुकती नहीं थी

इसी तरह एक उपहार बनाने के लिए
असंख्य अणुओं का करना पड़ता है विखंडन
छिटक कर फैल जाती हैं प्रकाश तरंगें
और फिर एक दिन
दृढ़ विनम्र उँगलियों से पकड़े हुए पुस्तक
वह कहता है
'परमप्रिय, तुम्हें इसे भेंट करता हूँ
तुम इसके पहले पाठक हो'

पुराने शहर के लोग

ये अभी तक नए फ़्लैटों में नहीं गए हैं

जगह छोड़कर जाने में घर तो होता है
पर जगह नहीं होती है

एक बहुमंज़िला इमारत की ओट में
तख़्तों से बनी झोंपड़ी से बाहर निकल कर
वह अपने पोते की उँगली पकड़ कर चल दिया

मोहल्ले-दर-मोहल्ले हैं जहाँ से जगह छोड़कर
नहीं गए हैं पुराने शहर के बाशिन्दे
दूरी का भय है तो कुछ चढ़ने उतरने से बचना चाहते हैं
कुछ चाहते हैं इसी तरह बड़ी बड़ी इमारतों की ओट में टिके रहें
सर्द हवाओं से बचे रहें

हवाएँ तो फिर भी तख़्तों की सेंधों से आएँगी
फिर भी पानी गिरेगा
इमारतों के मलबे के साथ साथ
एक दिन जाना ही होगा फिर भी सारे पुराने को
पुरानी इच्छाओं को ढहना होगा इमारतों की तरह

ऊपर क्रेन के केबिन में जो आदमी बैठा है
उसे देखो
धरती पर उतरने के बाद अपनी झोंपड़ी की कुंडी खड़खड़ाएगा

तब तलक वह बूढ़ा अपने पोते को सैर करा कर लौट चुका होगा

चैनल 'हाय हाय'

सूखा शरीर
फटी चमड़ी रूखी
पीली ज़र्द आँखें
बिवाइयाँ पड़े नंगे पाँव
और आदिकाल से लिथड़ी मैल की परतें...
इन्हें दिखाऊँगा इस चैनल पर
और कहूँगा ये सत्य के मेरे अभिनव प्रयोग हैं

आँखों से बहुत कुछ छिपाया जाता है
पर जो आँखें चोर होती हैं

आँसू भी चुरा लाती हैं खुशियों के साथ
यह मेरा चैनल होगा
जिस पर रोटी छीनते दिखलाऊँगा उन्हें
सुबह सुबह चौराहे पर इकट्ठे हुए मजूरों की
बोली लगते हुए देखोगे
और कप प्लेट धोता लड़का स्कूल बस में बैठे
बच्चों को हसरत से निहारता होगा

हर पोंछा लगानेवाली बच्ची के सपने में
आता दिखाई देगा एक राजकुमार
वही कमरा वही टीवी वही ड्रेसिंग टेबल
वही दर्पण जिसमें कोहनी से ठीक करती होगी वह

अपने उलझे हुए बाल

इस चैनल पर प्लास्टिक की टोकरियाँ
बुढ़िया के बाल
झाड़ू और चटाइयाँ बेचनेवाले
कान का मैल निकालनेवाले
और नाक कान छेदनेवाले
घुटनों का दर्द ठीक करनेवाले...
यानी ऐसे अनेक विशेषज्ञों के विज्ञापन होंगे

हो सकता है कुछ गुमशुदा बूढ़ों
प्रेमियों कवियों और लघुपत्रिकाओं के
विज्ञापन भी हों

आख़िर, यह जनता का चैनल जो होगा

खाँसी

खाँसी किसी आदमी के आदमी होने की भाषा होती है
जब उसका स्वर अधबीच में चटखता सुनाई दे
और फिर अचानक खरज में डूबकर
ऊँचा होता जाए
जैसे वह रुकना चाहता हो पर रुक नहीं पा रहा हो

मानव प्रजाति की प्राचीनता व्यक्त होती है
ऐसे खाँसने में

सताये हुए की खाँसी
अचानक काम की खोटी हुए के दर्द में मिल जाती है
हलके बुख़ार के साथ हर शाम
कल तक ठीक होने की आशा की खाँसी में एक लय होती है
और शायद जितना बलगम होता है उतनी ही आशा होती है

जब खाँसी में दूसरे की संगत होने लगती है
तो बहुत सुकून मिलता है
मसलन बूढ़े पति-पत्नी की एक जैसी खाँसी
ख़बरदार कर रही होती है दरवाज़े पर खड़ी मृत्यु को
लेकिन प्रेम में प्रतीक्षा करते अधीर होते आदमी की खाँसी
हर पल निराशा को धकेलती है बाहर

ज्यों ज्यों रात छाने लगती है
साहस आशा और ज़िद की जगह खाँसी ले लेती है
प्रतिरोध के बजाय सिर्फ़ खाँसते रहने का समझौता हो जाता है

महिला पुलिस और उसकी बहन

मैं तो तुझसे बचपन से ही नफ़रत करती रही हूँ
मेरा रिबन चोरी कर लेती थी
मेरी फ़्रॉक के बटन तोड़ देती थी
मेरी गुड़िया छिपा देती थी

मैं तुझे बहुत पहले से बरदाश्त करती आई हूँ
तू दीदी दीदी कहती हुई
मेरी चप्पलें पहनकर भाग जाती थी

आज इस जुलूस में तुझे सबक सिखाऊँगी
तू मेरे बाल नोचेगी
और मैं तुझे नीचे पटककर डंडे से मारती रहूँगी
जितनी चीख़ेगी उतनी ही मार खाएगी

हमें आदमी जितना क्रूर बनना सिखाया जाता है
हमसे कहा जाता है कि जहाँ कहीं भी महिलाएँ
तोड़फोड़ और बग़ावत पर आमादा हों
उनकी अच्छी तरह धुनाई की जाए

बहुतेरी ऐसी हैं जो आदमी से पिटने पर भी
कुछ नहीं कहती हैं
'सखाराम बाइंडर'? नहीं, नहीं, नाटक वाली बात नहीं

महिला पुलिस को बहुत सख़्त होना पड़ता है
आदमी क्या जाने कि कौन कौन से नाजुक अंग
हमारे शरीर के उससे बचे हैं
जहाँ डंडा मारने से बरसों तक दुखता रहता है

सिनेमाघर में बम विस्फोट

अब मैं कह सकता हूँ कि लौट आया हूँ
एक कसैले लोहित अनुभव से गुज़रा हूँ
जिसमें कई अजनबियों की दारुण चीख़ें
रिरियाहटें थीं

मैं लौट आया हूँ अपने ज़िरहबख़्तर में
इस अनुभव के बाद मैं बिलकुल सुरक्षित हूँ
पवित्र और नहाया हुआ हूँ

जब दीवारें गिरी थीं
और छत की बल्लियों के नीचे
कई दर्शक दबे पड़े थे
तो पहली ब्रार इतनी जिज्ञासा से
मैंने छुए अपने शरीर के अंग
मैं आश्चर्यचकित था कि साबुत था
और उठकर दबे हुओं की मदद कर सकता था

मैंने देखा एक आदमी का हाथ
कुर्सी के नीचे कुचला पड़ा था
एक अधनंगी टाँग पर्दे की तरफ़ चिरी पड़ी थी
ख़ून और पान की पीक
उस फ़िल्म में हिंसा और प्यार की तरह
एक जान हो रहे थे

पार्श्व से गीत बज रहा था
जिसमें चीख़ने रोने और तड़फड़ाने की नक़लें थीं
फ़िल्म में और फ़िल्म के बाहर
वे ऐसी तीखी तीव्र धुनें थीं
कि जिनसे जीने और मरने का भेद मिट गया था

सबसे बड़ा खेल

ठीक उसी वक़्त
जब अभिनेता करोड़ों रुपयों का
खेल खिला रहे होते हैं
खिलने लगता है हरसिंगार
खुलने लगती हैं उसकी बन्द नन्ही पँखुड़ियाँ
मानो कोई मायावी तान्त्रिक इस घर की
असंख्य गन्ध सुरंगों से दौड़ता हुआ
चौराहे से गुज़रते लोगों को मोहाविष्ट करने में लगा हो

जब वे पूछ रहे होते हैं बेहूदा सवाल
और तालियाँ पीट रहे होते हैं
उथली जानकारियों पर
तब सही को ग़लत के बीच छिपाने का
छल नहीं करता हरसिंगार
बल्कि रात्रि के तीसरे पहर लाखों फूल
लान पर बिखेर देता है

हवा चले या न चले
धन कमाने का करतब हो या न हो
संसार के ऐसे ही लोभी प्रपंचों से
बिल्कुल अलग होती है उसकी उदार सम्पन्नता
न कोई सवाल और न कोई जवाब

अँधेरी रात गहराई है
चोरों के भागते समय उनके पीछे
घास पर रत्न आभूषण बिखरे पड़े हैं
नायक प्रतिनायक विदूषक सब जा चुके हैं...

कुछ ऐसे ही निर्लोभी निस्पन्द समय में
हरसिंगार के नीचे संसार का सबसे बड़ा खेल चल रहा होता है

एक बूढ़े कवि का जीवन-चरित

बिलमाए तुम न जाने किस चक्कर में
गोलियों तलवारों से बचते हुए
एक साथिन की ज़रूरतें पूरी करते
हाँफते हुए चढ़ते उतरते हुए

अक्सर एक थैला हमेशा साथ झूलता था
कि शायद घर लौटेंगे कुछ स्वाद
कुछ भोग कुछ अभाव

एक दिन व्यर्थ हुए ढेरों शब्दों की हत्या के बाद
पुरस्कृत होने प्रकट हुए
फिर मर गए

घर के चारों तरफ़
रद्दी वालों का शोर है अब
उनकी साइकिलों की खटर-पटर से दूर
छिपती फिरती है
तुम्हारी कालजयी कालातीत आत्मा

सिवाय रचना के

अनर्गल के समुद्र में वितर्क की अनेक नदियाँ गिरती हैं
नदियों में बेतहाशा पाठों की
तटबन्धों पर बिछलती धाराएँ हैं

प्रत्यय के कूबड़ पर बैठा एक उल्लू है
हलन्त से लटका चमगादड़ है
एक फ़ोटो में एक सिर है फटे कद्‌दू जैसा

रोशनी के नीम झुटपुटे में भाषा का नट आता है
बाँसों पर तान रस्सी
अँगूठे उँगलियों में फँसा
वाकपदीय को दाएँ बाएँ साधता है नाचता है

कैसी शान है हिन्दी के गद्य की इक्कीसवीं मंज़िल पर
खिड़कियों से बुलबुलों की शक्ल में तैरते हैं अक्षर
जिन्हें विचार पीछे से धक्का मारते हैं

अक्षर कहीं गिरते नहीं हैं
इसलिए मरते नहीं हैं
सिर्फ़ एक तमाशा है ख़ूब सुखी आत्माओं का

सिवाय रचना के

बोझ

पहाड़ को मरते हुए देखकर बहुत दुख हुआ था
नदी को मरते देखकर बहुत दुख हुआ था
जंगल को मरते देखकर बहुत दुख हुआ था
गाँवों को नष्ट होते देखकर बहुत दुख हुआ था

पक्षी चले गए इन दुखों के कारण
मछलियाँ और कमल मिट गए
बसे हुए लोग कहीं और ठौर बसने के लिए उजड़ गए

मैंने ये सारे दुख लादे एक ट्रक में
बच्चों और पत्नी को बैठाया ड्राइवर की सीट के पीछे
पूरा एक दिन पूरी एक रात भागता रहा ट्रक
दूसरे दिन अल्लसुबह ट्रक रुका ड्राइवर ने जगाया
मैंने देखा मैं जहाँ से चला था वहीं था

वही मरा हुआ पहाड़, सूखी कंकाल नदी
उजड़े गाँवों का बियावान
मरी हुईं मछलियाँ, कमलनालें
गिट्टियाँ तोड़ते नए बसे लोग जो पहले से भी अधिक भूखे और बीमार

दुखों का यह भीषण बोझ ढोते हुए मेरा ट्रक टकराया क्यों नहीं
क्यों इस दुनिया को मेरे जैसा एक दर्शक चाहिए
थका लाचार बेहद डरा हुआ

सही तालीम

पक्षियों के अन्तर्राष्ट्रीय बाज़ार में
मेकाओ के पाँव ज़ंजीर से बँधे हैं

किसी रूसी नेता की तरह है उसका चेहरा
जितना ही,रौबीला उतना ही लाचार

लोहे की सलाख पर
अपने बँधे पंजों से दाएँ से बाएँ
और बाएँ से दाएँ सरकता रहता है मेकाओ

पेट भरा होने पर भी
वह आज़ादी का भूखा है
गले में नीला कंठा है
परों पर आसमानी बैंगनी धारियाँ हैं

बस इतना-सा ही सुख है
कि कई मेकाओ हैं साथ साथ
और सबका दुख समान है

जब किसी एक के लिए
कोई ख़रीददार आता है
तो दूसरा कहता है
'जाओ कामरेड जाओ

आदमी शौक़ीन मालूम होता है
समृद्ध है
बहुत आलीशान जगह जा रहे हो
यह तुम्हें ज़रूर अच्छी तालीम देगा

पर मौक़ा मिले
तो यह जानने की कोशिश करना
कि ज़ंजीरें कैसे खोली जाती हैं'

गेरू माटी

गेरू माटी ढोते ढोते
मालिक और उसके गधे का रंग भी गेरुई हो गया है

गेरुई है बीवी गेरुई हैं बच्चे
आँखें गेरुई हैं जिनमें छिपी हैं अनन्त यात्राएँ
गेरुई गंजी की जेबें ख़ाली हैं
गेरुई हैं बाँस तलक भी

बंसखोह की हरियाली अब कहाँ
चट् चट् चट् चट् बोलती है हवा
पर कुछ नहीं बोलती हैं हड्डियाँ
सरकते जाते हैं गेरुई दिन गेरुई दुपहरियां

ये लोग न जाने कब से ठहरे हैं
सूखी झील के किनारे गेरुई माटी की तलाश में

इसी रास्ते घोड़े, हाथी, रथ अनेक बार गुज़रे हैं
अनेक बार धरती धरती में रलमल हो गई है
अनेक बार माटी से माटी की काया बनी बिगड़ी है

फर् फर् फर् गधे के कान हिलते हैं
सुनो, सुनो, हम गेरू माटी की तलाश में फिरते हैं
गाँव गाँव नदी नदी पहाड़ों की खोहों में

लेकिन लोग गेरू के देवता को तो पूजते हैं
पर गेरू माटी भूल गए हैं

'अरी, ऐ बणजारी, यह झील परके साल क्या इतनी सूखी थी
बगुलों और भाटियों की पाँतें क्या इतनी व्याकुल भूखी थीं
अब चारों तरफ़ खार ही खार फैला है
यह देख चन्द्रमा भी खार के एक बड़े चकत्ते जैसा टँगा है...'

'अजी, ओ रंगरसिया, तनिक गहरा गहरा खोदो
कभी-कभार खार के नीचे भी गेरुई छिपी रहे है...'

सूखा

आदमी तो कुछ भी कर लेगा
पशुओं को चारा चाहिए

वे आदमी को देखते हैं कातर दृष्टि से
अन्ततः उसे कुछ तो करना ही पड़ेगा

वह झोंक देगा पहले की तरह
अपना परिवार जलवायु की दुर्नीति में
झूठ बोलेगा प्यार के वास्ते
चाँदनी रातों में खोजेगा हरियाली
और पशु हैं कि उसकी मित्रता का बोझ ढोते
उसके लौट आने की प्रतीक्षा करते रहेंगे

कितनी घास लाएगा हमारा मालिक
कितनी थकान होगी उसके पाँवों में
धूल के पीछे अँधेरे का विरूप पिण्ड होगा
इन खौलती दिशाओं के बीच उसकी भूखी पसलियाँ

पशुओं ने बिल्कुल नई लिपि ईजाद की है
वे चटखी धरती पर आदमी के पाँव देखते बढ़ रहे हैं
बहुत दूर निकल आने पर
उन्हें मिले हैं पलाश
पतझर की तरह गहरे भूरे अन्तहीन सूखे के बीचों बीच

पत्तियाँ नहीं हैं किसी भी पेड़ पर
फिर भी आदमी उनके नीचे बैठा
घास छीलने की कोशिश कर रहा है

आइसक्रीम

एक दुपहर जब रोहिणी ख़ूब तप रही थी
हाँफ रही थीं चिड़ियाँ
मीठे ठंडे पानी की कुंई
सोयी थी पीपल के चरणों में
बिना रस्सी बाल्टी के

तब न जाने किस क़स्बे के ऊँघते बाज़ार से
वे अपने गाँव लौट रहे थे—
साइकिल के अगले पहिए की ओट में
बैठ गई थी औरत
उसका सुनहरी दीप्त चेहरा
सूर्यकिरणों जैसी पहिए की तानों से दिखाई दे रहा था

आदमी ने थैले में से निकालीं दो आइसक्रीमें
काग़ज़ में लिपटीं जिनसे बह रहा था लाल शरबत

अनिर्वचनीय सुख में दोनों कुछ देर खो गए थे
भूल गए थे कि तपती दुपहर में लम्बी यात्रा है अधूरी

वे चाहते तो बाज़ार में ही खा डालते ये आइसक्रीमें
लेकिन तब इतनी निर्भयता नहीं होती
तिक्तता कंठ की जस-की-तस रह जाती
इस औरत के होंठ नहीं रँगे होते

धीरे-धीरे लाल-लाल

आइसक्रीमें ख़त्म हो जाने के बाद
वह ऐसी दिखाई दे रही थी
जैसे कि उसे साइकिल की ओट में
बहुत चूमा हो पति ने

सारी दुपहर पीपल की छाया
और ठंडी कुंई की साक्षी में

मेला

पिता के कन्धे पर चढ़कर
देख रहा था मेला

न जाने किस स्त्री से बात करने रुके थे
किसकी गोद में दे दिया था मुझे

पिता बहुत व्याकुल हो उठे थे
वह स्त्री जिधर मुड़ती वे उधर ही चल देते
अधूरा ही देख सका मेला

मैं उनसे नाराज़ था कि मुझे कन्धे पर बैठाए
वे देखते रहे उसकी धानी ओढ़नी

लौट आए घर जैसे उनके लिए सब कुछ ओझल हो गया हो

शिल्प मेले से लौटने पर

एक गाड़ी में घर परिवार और कलाकृतियाँ

सबका कुछ न कुछ पीछे छूटता है
बच्चों से शहर की रोशनी मिठाइयाँ
बीवी के सपने और मिट्टी के बर्तनों के साथी-संगी
गुल्लकों से वह गुल्लक जिसका मुँह पूरा बनने से रह गया था

उन्हें मुबारक हो उनका शहर
जिन्होंने हमारी मिट्टी की लालटेनों को
उनका न्यूनतम आलोक रचने का अवसर दिया
उन्हें भी धन्यवाद जिन्होंने अनगिनत दुर्घटनाओं के बावजूद
साबुत लौट जाने दिया
उनका भी साधुवाद जो मिट्टी के रंगों के प्रायोजक हैं

सोते ऊँघते हुए गाँव की डगर दिखाई देने लगी है
धूल गोबर से अँटे आँगन में इन्तज़ार करते भूरा और काली
लिपट जाते हैं पाँवों से

अच्छा किया मालिक अच्छा किया
लौट आने के ही लिए तो बने हैं शहर

उनका शेष अशेष

नृत्य ने ही बचा लिया है उन्हें
गीतों ने ही ज़हर का मीठा विपाक बनाया है

गहरे रंगों ने ही पोंछा है
उनकी ग़रीबी का कलुष
और कामदेव जो कहते हैं अनंग हैं
उनकी मृत इच्छाओं के बीजों को
समय समय पर अँकुरित कर देते हैं

उनमें से बहुतेरे लोग मर जाते हैं प्राकृतिक प्रकोप से
कुछ कहते हैं दैवीय कोप से
फिर भी यह धरती दाई बनकर
उनके लिए सौर का काम करती रही है

गरमी से चटखे हलक के लिए
तरबूज की मिठास ने उन्हें आश्वस्त किया है
कि जीवन रस अभी भी अशेष है

घास की रोटी

हम घास की रोटी खा रहे थे
वह हमें बहुत स्वादिष्ट लगती थी

पहले तो घास को पानी में अच्छी तरह धो लेते
फिर पत्थर पर पीस लेते
कुछ ताज़ा और कुछ सूखी घास मिलाकर
स्वाद ऐसा हो जाता
जैसे ग़ुस्से में आँसू और हँसी एक साथ गुंथे हों

हम खा रहे थे घास की रोटी
इस भूमंडल के आकार की
उसे सेंक रहे थे बिना जलाए अपनी उँगलियाँ
हम जीवन की इस घुप्प सुरंग में
कर रहे थे तनिक-सी रोशनी
चख रहे थे संसार के प्राचीनतम व्यंजन का स्वाद

हम याद कर रहे थे अपने पुरखों को
जिन्हें तब तक अन्न उगाना नहीं आया था

•

एक आज़ाद आदमी की मौत

विलाप से आगे जाकर
मैंने सुनी वह चीख़
उससे भी आगे चला गया मैं
तब देखा उत्साह

प्रफुल्लित हो गया सूखा मुँह
उभरी हड्डियों का बीहड़

उन मैली आँखों में आशा की कई नदियों का संगम
कितना अपूर्व था

मरेगी क्या वह जाति
ख़ून की बहती लम्बी धार में भी
वृक्ष है जो लगाती
नंगे पाँवों की आटन सहलाकर बढ़ जाती
वो पहाड़ों की तरफ़
कभी नहीं मरेंगे सपने उसके
जिनमें गिरते हुए भी दिखाई देता है
अनन्त आकाश में उड़ता हुआ वह

मैंने उस वनवासी से पूछा
दूर सरकते इस जंगल में कब तक मिलता रहेगा शहद
'अभी भी ऐसे गुप्त ठिकाने हैं', बोला वह,

'जिनका पता नहीं है सेना और पुलिस को
जहाँ हाक़िम बिना मेरे बतलाए पहुँच नहीं सकता'

वह हँसी उड़ा रहा था अन्याय की
ताली पीट रहा था अपने फ़रार होकर
क़ानून के लम्बे हाथों से बचने पर

वह रास्ते में पड़ा
मृत्यु से छटपटाता
नफ़रत से देख रहा था यातायात को

वह तब इतना आज़ाद था
कि मरने से उसे कोई भी नहीं रोक सकता था

सुबह से शाम तक

सुबह जब सब चले जाते हैं काम पर
एक माँ रह जाती है

उसके बच्चे नहीं हैं वे
जब दूसरे मज़दूरी करने गए होते हैं
तब वह उनकी माँ बन जाती है

ख़ुश है कि निरवंश होते हुए भी
एक बहुत बड़ा परिवार पाल रही है

उसके स्तन सूखे हैं
उसकी गोद सदा सूनी है
विवाह किया विधवा हुई
और अब माँ होकर घेरे बैठी है
डेढ़ दर्जन बच्चों को

शाम होगी और वह फिर से निःसन्तान हो जाएगी

माँ का दूध

सड़क पर दौड़ते ट्रक के ऊपर
खुले केबिन में बैठी खान मज़दूरिन
अपने बच्चे को दूध पिला रही है

फुहारें छोड़ते दो बादल हैं उसके स्तन
पति थामे बैठा है उसके कन्धे
कि भागते हुए ट्रक के झटकों से
कहीं दूध की धार फिसल नहीं जाए

हाय, यह क्या हुआ!!
एक पिचकारी छूटी
और बच्चे की तृप्त अधमुँदी आँखें
नहा गईं माँ के दूध में

तीसरा आदमी

एक आया
उसने रास्ते में काँटे बिखेर दिए
दूसरा आया
उसने काँटों को बुहार दिया

जब ये दोनों रास्ते पर अपना अपना हक़ जमाने के लिए
लड़ रहे थे
तो तीसरा आया
बिल्कुल चुपचाप और अनचीन्हा

उसने रास्ते के चारों ओर काँटों की बाड़ लगा दी
बीच में एक झंडी गाड़ दी

पहले आए दोनों ने देखा
क्या भव्य मूर्ति हैं
कैसा तेज है महात्मा जी के चेहरे पर

दोनों चाय के वास्ते दूध लाते
जोत जलाने के लिए घी लाते
दिनभर तीनों चिलम का सुट्टा लगाते

इस तरह उस तीसरे आदमी ने
सारे जंगल पर अधिकार कर लिया

ब्रह्म मुहूर्त

दहकते पागलपन में वह हँसेगी
और भीतर छिपी गहरी वेदना से
काँप जाएगा उस बूढ़े का शरीर

काँप जाएँगे उसके घर की लाज ढकते सारे वर्ष
काँप जाएँगी आँखें
खुद की ठठरी को दलदल में डूबी देखते

इस जीवन के सूने पड़े स्टेशन पर
उसे लेने कोई नहीं आया
लड़की ने अट्टहास किया
इतने वर्ष गुज़रे मगर उसे लेने कोई नहीं आया

उसके पिता की उमर जितना ही बूढ़ा है
मन्दिर का भोपा
सुर्ख़ गुड़हल की तरह दमकती हैं देव प्रतिमाएँ
पगलाई लड़कियाँ नाचती हैं बेसुध
उन्हें लेने कोई नहीं आया

वह बूढ़ा जैसे तैसे अपनी गठरी घसीटता हुआ
रेल की पटरी तो पार कर गया है
लेकिन उसे लेने कोई नहीं आया

मन्दिर के घंटे बजने लगे हैं
धरती पर ब्रह्म मुहूर्त है
एक जड़ भयावह समय है

अब एक बूढ़े पिता और उसकी
बेटी के लिए
स्वस्थ मन से लौटना असम्भव है

उस दिन बढ़ई ने भील से जो कहा

तुम तो कुल्हाड़ी चलाना जानते हो
मैं यह नहीं कहता कि पेड़ की जगह
आदमी की गर्दन उड़ा दो
लेकिन शर्त है कि आदमी जैसा कुछ तो होना चाहिए

उसने तुम्हारी औरत के साथ दुराचार किया
और ज़मीन पर कब्जा कर लिया
मैं यह भी नहीं कहता कि 'कब्जा' कहने से
औरत तुम्हारी औरत नहीं रही
उसकी सम्पूर्ण आत्मा और दैहिक संवेदनों के साथ
वह अब भी तुम्हारी है
लेकिन ज़रा सोचो कि ज़मीन के फल की तरह
वह किसी बीज को कैसे अस्वीकार कर सकेगी

उस आदमी ने अभी तक तुमसे कुल्हाड़ी नहीं छीनी है
अभी तक तुम्हारा पौरुष ज़मीन और औरत के लिए मरा नहीं है
प्रेम में हम छीने हुए प्रिय को वापस लेते हैं
मारते हैं उसे जो बिना प्रेम के हमसे छीन लेता है हमारा सुख

लो, मैंने तुम्हारी कुल्हाड़ी में यह नया हत्था लगा दिया है...

राईवर

राईवर, पहाड़ की ओट से जाते
छोटे रास्ते से आना
मैंने तुम्हारे लिए चने का साग रखा है

सड़क पर बसें भाग रही थीं
छतों पर ठसे बैठे थे मुसाफ़िर
फाटक पर कंडक्टर लटक रहा था
और राईवर गलियारे में फँसे खड़े थे

दूर खेत छूटते दिखाई दिए
तो वे खिड़की से मुँह निकालने के लिए बढ़े
न, न, उल्टी करने का मन नहीं था उनका
काश, एक पल को दिखाई दे जाता चने का खेत

राईवर, बस से आना जाना छोड़ो
मेरा जी घबराता है
न तुम मुझे देख सको और न मैं तुम्हें
मेरा जी घबराता है

तृष्णातरंगकुला

इंजीनियरों को पता है कि बाँध का पानी
किस जगह से टूटता है
ज़मीन कहाँ पोली है और प्यासी
चूस लेती है सारा पानी

पहले भी इंजीनियरों को पता था और उस ठेकेदार को भी
जिसने मन्दिर का निर्माण करवाया था
दोनों ने आस्था और झूठ को एक साथ जाना था
मौज उड़ाई थी बाँध की पाल पर
लेकिन अब इंजीनियर उत्साहित होकर बाँध की मरम्मत करवा रहे हैं

भीलों का क्या होगा
वे दुखी हैं कि अगर बाँध भरा रहेगा तो वे खेती नहीं कर सकेंगे
अब कभी टोपे मचान हरियाली सरसों की नशीली ख़ुशबू नहीं होगी

बूढ़ा पटेल कहता है
'अरे पगलों, अन्न न सही मच्छियाँ तो मिलेंगी
रोहू कतला सवल...तालाब जिनसे भरा रहेगा'
सब बच्चों के मुँह में पानी आ गया...
लेकिन मच्छियों का ठेकेदार होगा
राज यूँ ही मुफ़्त में बरबाद नहीं होने देगा अपना धन

पटेल बोला, *'हम सब मजूर होंगे ठेकेदार के*
कुछ काम तो मिलेगा...'

बुभुक्षा

अमावस की रात का गूँजता सन्नाटा है
और मैं टोपे के भीतर
सर्दी में ठिठुरा आहट ले रहा हूँ

अचानक भारी पाँवों से रौंदने की आवाज़ आती है
अनेक चमकीले तारों जैसी जलती आँखें दिखाई देती हैं

मैं चीख़ उठता हूँ
भागो भागो सारी फ़सल चरे जा रहे हैं जंगली पशु
अगर सब कुछ उन्होंने खा लिया
तो धणी को क्या मुँह दिखाएँगे

उस गहरी कालिमा को भेदता हुआ
मैं आवाज़ की तरफ़ दौड़ता हूँ
पास जाकर देखता हूँ कि वे पशु नहीं हैं
आदमी हैं भूख से पगलाए पशुओं जैसे

वे फ़सल नोच नोचकर भकोस रहे हैं

संघर्ष

भादों के अधिक मास में
उसने पहाड़ी पर एक घर चिन लिया था
क्योंकि वह गंगाजमनी घर जो नीचे गाँव में था
बाढ़ में गिर गया था

फिर कुछ बरस बाद
माघ में आया अकाल
खेती नहीं हुई
तो ईंटों के भट्ठे पर काम करने लगा
भट्ठा भी बन्द हो गया माल नहीं आने से
तो पत्थर की खदान में कुछ दिन काट दिए
लेकिन वहाँ पूरी मजूरी नहीं देते थे
सो किराये का ठेला चलाना शुरू कर दिया
मालिक ने किराया बढ़ा दिया
तो ठेला छोड़ लकड़ियाँ काटकर बेचने लगा

उस वनखंडी के तीन तरफ़ पहाड़ थे
कटते कटते धौंकों के ठूँठ रह गए
तब पलाशों की बारी आई
वो भी नहीं रहे तो सालर और कदम्ब कटने लगे
फिर छुरैल और करनी भी ख़त्म हो गए

अब इन नंगे पहाड़ों से झरने नहीं गिरते हैं

बस, वनखंडी के चौबारे में
मनुष्यता के सूखे आँसुओं का एक झरना दिखाई देता है

अब क्या करें अब क्या करें
यह धरती छोड़कर जाना होगा

दुःख जो कविता नहीं हो सकता

धरती तो है शस्यश्यामला
शायद इसीलिए जीवन बैगा के काले चीकट शरीर पर पड़ा गमछा
दिखाई नहीं देता

'साब जी, आप नंगे फर्श पर मत बैठिए
तनिक यह गमछा ले लीजिए
ओह, यह बुसाता है मैल और पसीने से
साब जी, अपनी कमीज बिछा देता हूँ'

भीतर ख़ाली हाँडियों और बुझे चूल्हे के अलावा
कुछ भी नहीं था
और उसका बच्चा लगातार रोए जा रहा था

'साब जी, उसे रोने दीजिए
डबलरोटी, बिस्कुट उसे बिल्कुल मत दीजिए
साब जी, उसे भूखे सोने की आदत डालनी होगी
यह एक दिन की बात थोड़े ही है
आप तो चले जाएँगे
हमें तो पूरी ज़िन्दगी इसी तरह काटनी है'

शाम घिरने लगी थी
और बाहर भिखारी बनकर अँधेरा खड़ा था
ख़ाली हाथ लौटी थी धरती माँ भूखी सोने के लिए
बच्चा ख़ामोश हो गया था

अन्तिम शब्द

इससे पहले कि घर डूब जाए
बकरी की लाश तैरती दिखाई दे
पाँच दिनों तक खेजड़ी के पत्ते खाकर जीवित बचें
अन्तिम शब्द होगा **बचाओ**

चारों तरफ़ से घिराव है
एक छोटी-सी दुनिया का तिल तिल डूबना है
हर तरफ़ हरसूद है

सारा बन्दोबस्त है फिर भी अन्तिम शब्द होगा **बचाओ**

जिनके लिए सहज है जीवन
किताबों की पुश्तों पर बचे होंगे उनके नाम
भाषा बची होगी बिल्कुल साबुत पायेदार

सिर्फ़ वही आदमी डूबा होगा
जिसने अन्तिम शब्द बोला होगा **बचाओ**

❑❑